金子みすゞ名詩集2

彩図社文芸部　編纂

序

今なお多くの人々を魅了してやまない、金子みすゞの詩。

自然を慈しみ、また童心を蘇らせてくれる彼女の詩は、現代を生きる私たちの胸にも、やさしく響きます。

深い愛情に満ちた美しい詩の数々に、耳を傾けてみてはいかがでしょうか。

目次

金子みすゞ名詩集2

雲

私は雲に
なりたいな。

ふわりふわりと
青空の
果《はて》から果を
みんなみて、
夜はお月さんと
鬼ごっこ。

それも飽きたら
雨になり
雷さんを
供《とも》につれ、
おうちの池へ
とびおりる。

どんぐり

どんぐり山で
どんぐりひろて、
お帽子にいれて、
前かけにいれて、
お山を降りりゃ、
お帽子が邪魔よ、
辷《すべ》ればこわい、
どんぐり捨てて
お帽子をかぶる。

お山を出たら
野は花ざかり、
お花を摘《つ》めば、
前かけ邪魔よ、
とうとうどんぐり
みんな捨てる。

電灯《でんき》のかげ

遠足の日の汽車のなか、
誰かはうたって居りました。
先生《せんせ》は笑って居りました。

硝子《がらす》のそとの夕空に、
ふっとみたのは、ちろちろと、
花火のような、消えそうな、
電灯《でんき》のかげでありました。

みつめていれば、その下に、
母さんのお顔がありました。
山からかえりの汽車のなか、
誰かはうたって居りました。

早春

飛んで来た
毬《まり》が、
あとから子供。

浮いている
凧《たこ》が、
海から汽笛。

飛んで来た

春が、
きょうの空　青さ。
浮いている
こころ、
遠い月　白さ。

野茨《のばら》の花

白い花びら
刺《とげ》のなか、
「おうお、痛かろ。」
そよ風が、
駈《か》けてたすけに
行ったらば、
ほろり、ほろりと
散りました。

白い花びら
土の上、
「おうお、寒かろ。」
お日さまが、
そっと、照らして
ぬくめたら、
茶いろになって
枯れました。

燕《つばめ》の手帳

しずかな朝の砂浜で、
ちいさな手帳みィつけた。
緋繻子《ひじゅす》の表紙、金の文字、
なかはまっ白、あたらしい。

誰が落していったやら、
波にきいても波ざんざ、
みえるかぎりをさがしても、
砂には足のあともない。

きっと夜あけに飛んでいた、
南へかえるつばくらが、
旅の日記をつけよとて、
購《こ》うて落して行ったのよ。

あけがたの花

お宮の太鼓は鳴ったけど、
花のおめめはまだ眠い。

しらしら明けの靄《もや》のなか、
とおくひびいて、近く来て、
だんだん消える轍《わだち》の音を、
花はうつつにきいている。

夢にまじって、その音は、

とおい、とおい、見知らぬ里へ、
花のこころをのせてゆく。

名なしの草の花たちは、
きのうの埃《ほこり》、今朝の露《つゆ》、
のせたまんまで、みちのはた、
うつらうつらと夢みてる。

月と雲

空の野原の
まん中で
ぱったり出あった
月と雲。

雲はいそぎで
よけられぬ、
月もいそぎで
とまられぬ。

ちょいとごめんと
雲のうえ、
すましてすたこら
お月さん。

あたま踏まれた
雲たちも
平気のへいざで
えっさっさ。

うらない

夕やけ、
小やけ、
赤い草履《ぞんぞ》
飛ばそ。

赤い草履
裏だ、
も一度
飛ばそ。

表
出るまで、
何べんでも
飛ばそ。

夕やけ、
小やけ、
雲まで
飛ばそ。

私の髪の

私の髪の光るのは、
いつも母さま、撫《な》でるから。
私のお鼻の低いのは、
いつも私が鳴らすから。
私のエプロンの白いのは、
いつも母さま、洗うから。

私のお色の黒いのは、
私が煎豆《いりまめ》たべるから。

月と泥棒

十三人の泥棒が、
北の山から降りて来た。
町を荒らしてやろうとて、
黒い行列つゥくった。

たった一人のお月さま、
東の山からあァがった。
町を飾ってやろうとて、
銀のヴェールを投げかけた。

黒い行列ァ銀になる、
銀の行列ァぞろぞろと、
銀のまちなかゆきぬける。

十三人の泥棒は、
お山のみちも忘れたし、
泥棒《どろぼ》のみちも忘れたし、

南のはてで、気がつけば、
山はしらじら、どこやらで、
コケッコの、バカッコと鶏がなく。

ガラスふき

お窓にのぼってガラスふき。

ふきふき見れば、教室の、
机の上に草が生え、
誰かはだしで取っている。

草取る上の黒板に、
誰か墨汁《すみじる》ぬっている。

ぬったばかりの黒板にゃ、
花のさかりの山ざくら。
土手のむこうを守《もり》っ子が、
花をみいみい行きすぎる。
うつった影を知らないで、
みている私を知らないで。

お花だったら

もしも私がお花なら、
とてもいい子になれるだろ。

ものが言えなきゃ、あるけなきゃ、
なんでおいたをするものか。

だけど、誰かがやって来て、
いやな花だといったなら、
すぐに怒ってしぼむだろ。

もしもお花になったって、
やっぱしいい子にゃなれまいな、
お花のようにはなれまいな。

喧嘩《けんか》のあと

ひとりになった
ひとりになった。
むしろの上はさみしいな。

私は知らない
あの子がさきよ。
だけどもだけども、さみしいな。

お人形さんも

ひとりになった。
お人形抱いてもさみしいな。

あんずの花が
ほろほろほろり、
むしろの上はさみしいな。

茶棚《ちゃだな》

茶棚《ちゃだな》の上には
ブリキ缶、
お伽《とぎ》ばなしの
銀の壺《つぼ》。

時計が三つ
打ったなら、
なかから出るもの
ビスケット。

茶棚のなかには
お菓子鉢《かしばち》、
きのうはカステラ
あったけど、

お菓子が湧《わ》かない
ものならば、
いまではきっと
からっぽだ。

向日葵《ひまわり》

おてんとさまの車の輪、
黄金《きん》のきれいな車の輪。

青い空をゆくときは、
黄金《きん》のひびきをたてました。

白い雲をゆくときに、
見たは小さな黒い星。
天でも地でも誰知らぬ、

黒い星を轢《ひ》くまいと、
急に曲がった車の輪。

おてんとさまはほり出され、
真赤《まっか》になってお腹立ち、
黄金《きん》のきれいな車の輪、
はるか下界へすてられた、
むかし、むかしにすてられた。

いまも、黄金《こがね》の車の輪、
お日を慕《しと》うてまわります。

冬の星

霜夜《しもよ》の
まちで
お姉さま、
空をみながら
いいました。
——しずかに
さむく
さよならと。

霜夜の
そらの
お星さま、
いちばん青い
お星さま。
——ちょうど
あなたに
いうように。

爪

親指の爪は
平たいお顔、
丈夫《じょうぶ》そうなお顔。
　わたしらの先生。

人差指の爪は
ゆがんだお顔、
泣きそなお顔。
　いつかの曲馬の子。

中指の爪は
まあるいお顔、
笑ってるお顔。
　まえいたねえや。

紅《べに》さし指の爪は
四角なお顔、
考えてるお顔。
　あの、旅の小父《おじ》さん。

小指の爪は
ほそくて、きれい。

知ってるようで
誰だか知らぬ。

かりゅうど

ぼくは小さなかりゅうどだ、
ぼくは鉄砲《てっぽ》の名人だ。

鉄砲《てっぽ》は小さな杉鉄砲《すぎでっぽう》、
弾丸《たま》は枝ごと提《さ》げている。

ぼくはやさしいかりゅうどだ、
ほかのかりゅうど行くさきに、

すばやくぬけて、鳥たちに、
みどりの弾丸を射《う》ってやる。

みどりの弾丸は痛かない、
鳥はびっくり、飛ぶばかり。

鳥はそのときゃ、怒るだろ、
でも、でも、ぼくはうれしいよ。

ぼくはちいさなかりゅうどだ、
ぼくは鉄砲《てっぽ》の名人だ。

みどりの鉄砲《てっぽう》、肩にかけ、

山みち、小みちをすたこらさ。

子供と潜水夫《もぐり》と月と

子供は野原の花をつむ、
けれども、帰るみちみちで
はらりはらりと撒《ま》きちらす。

お家へかえれば、何もない。

もぐりは海の珊瑚《さんご》採る、
けれど、あがれば舟におき、
からだ一つでまたもぐる。

じぶんのものは、何もない。
月はお空の星ひろう、
けれど、十五夜すぎたなら、
またもお空へ撒《ま》きちらす。
晦日《みそか》ごろには、何もない。

海のお宮

――おはなしのうたの四――

海のお宮は琅玕《ろうかん》づくり、
月夜のような青《あァお》いお宮、
青いお宮で乙姫《おとひめ》さんは、
きょうも一日、海みています。
いつか、いつかと、海みています。

いつまで見ても、
浦島《うらしま》さんは、

陸《おか》へかえった
浦島さんは――

海のおくにの静かな昼を、
うごくは紅《あか》い海くさばかり、
うすむらさきのその影ばかり。

百年たっても、乙姫さんは
いつか、いつかと、海みています。

夜なかの風

夜なかの風はいたずら風よ
ひとり通ればさびしいな。

ねむの葉っぱをゆすぶろか、
ねむの葉っぱはゆすぶられ、
お舟に乗った夢をみる。

草の葉っぱをゆすぶろか、
草の葉っぱはゆすぶられ、

ぶらんこしてる夢をみる。
夜なかの風はつまらなそうに
ひとりで空をすぎてゆく。

繭《まゆ》とお墓

蚕《かいこ》は繭《まゆ》に
はいります、
きゅうくつそうな
あの繭に。

けれど、蚕は
うれしかろ、
蝶々になって
飛べるのよ。

人はお墓へ
はいります、
暗いさみしい
あの墓へ。

そして、いい子は
翅《はね》が生え、
天使になって
飛べるのよ。

山茶花《さざんか》

居ない居ない
ばあ！
誰あやす。
風ふくおせどの
山茶花《さざんか》は。
居ない居ない
ばあ！

いつまでも、
泣き出しそうな
空あやす。

薔薇《ばら》の根

はじめて咲いた薔薇《ばら》は、
紅《あか》い大きな薔薇だ。
　土のなかで根がおもう。
　「うれしいな、
　うれしいな。」

二年めにゃ、三つ、
紅い大きな薔薇だ。
　土のなかで根がおもう。

「また咲いた、
また咲いた。」
三年めにゃ、七つ、
紅い大きな薔薇だ。
土のなかで根がおもう。
「はじめの花は
なぜ咲かぬ。」

独楽《こま》の実

赤くて小《ち》さいこまの実よ、
あまくて渋いこまの実よ。

お掌《てて》のうえでこまの実を、
一つまわしちゃ一つたべ、
みんななくなりゃまた探す。

ひとりだけれど、草山に、
あかいその実はかず知れず、

茨《いばら》のかげにのぞいてて、
ひとりだけれど、草山で、
独楽《こま》をまわせば日も闌《た》ける。

つつじ

小山のうえに
ひとりいて
赤いつつじの
蜜《みつ》を吸う。

どこまで青い
春のそら、
私はちいさな
蟻《あり》かしら。

あまいつつじの
蜜を吸う、
私はくろい
蟻かしら。

大人のおもちゃ

大人は大きな鍬《くわ》もって、
畠《はたけ》へ土をほりにゆく。

大人は大きな舟《ふね》こいで、
沖へお魚採りにゆく。

そうして大人の大将は、
ほんとの兵隊もっている。

私のちいさな兵隊は、
ものも言わない、動かない。
私のお舟はすぐ覆《かや》る、
私のシャベルはもう折れた。
おもえばさびしい、つまらない、
大人のおもちゃを持ちたいな。

大きなお風呂

とても大きな
大きなお風呂。
湯槽《ゆぶね》は白砂《しらすな》、
天井は青空、
誰がはいろと
お湯銭《ゆせん》は要らぬ。

ここじゃ私と西瓜《すいか》の皮が、
そこじゃ弟と玩具《おもちゃ》の亀が。

見えない遠いどこぞのふちにゃ、
支那《シナ》の子供も浸《つか》っていよし、
くろい印度《インド》の子供も遊ぼ。

世界中つづいた
大きなお風呂、
すてきなお風呂。

昼の花火

線香花火を
買った日に、

夜があんまり
待ちどおで、
納屋《なや》にかくれて
たきました。

すすき、から松、

ちゃかちゃかと、
花火はもえて
いったけど、
私はさみしく
なりました。

御殿《ごてん》の桜

御殿《ごてん》の庭の八重《やえ》ざくら、
花が咲かなくなりました。
御殿のわかい殿《との》さまは、
町へおふれを出しました。

青葉ばかりの木の下で、
剣術つかいがいいました。
「咲かなきゃ切ってしまうぞ。」と。

町の踊り子はいいました。
「私の踊りみせたなら、
笑ってすぐに咲きましょう。」

手品《てづま》つかいはいいました。
「牡丹《ぼたん》、芍薬《しゃくやく》、芥子《けし》の花、
みんな此の枝へ咲かせましょ。」

そこで桜がいいました。
「私の春は去《い》にました、
みんな忘れたそのころに、
私の春がまた来ます。
そのときこそは、咲きましょう、

わたしの花に咲きましょう。」

なぞ

なぞなぞなァに、
たくさんあって、とれないものなァに。
　青い海の青い水、
それはすくえば青かない。

なぞなぞなァに、
なんにもなくって、とれるものなァに。
　夏の昼の小《ち》さい風、
それは、団扇《うちわ》ですくえるよ。

ながい夢

きょうも、きのうも、みんな夢、
去年、一昨年《おととし》、みんな夢。

ひょいとおめめがさめたなら、
かわい、二つの赤ちゃんで、
おっ母《か》ちゃんのお乳をさがしてる。

もしもそうなら、そうしたら、
それこそ、どんなにうれしかろ。

ながいこの夢、おぼえてて、
こんどこそ、いい子になりたいな。

海とかもめ

海は青いとおもってた、
かもめは白いと思ってた。

だのに、今見る、この海も、
かもめの翅《はね》も、ねずみ色。

みな知ってるとおもってた、
だけどもそれはうそでした。

空は青いと知ってます、
雲は白いと知ってます。

みんな見てます、知ってます、
けれどもそれもうそかしら。

お葬《とむら》いごっこ

お葬《とむら》いごっこ、
お葬いごっこ。

堅《けん》ちゃん、あんたはお旗持ち、
まあちゃん、あんたはお坊さま、
あたしはきれいな花もって、
ほら、チンチンの、なあも、なも。

そしてみんなで叱られた、

ずいぶん、ずいぶん、叱られた。

お葬いごっこ、
お葬いごっこ、
それでしまいになっちゃった。

栗

栗、栗、
いつ落ちる。

ひとつほしいが、
もぎたいが、
落ちないうちに
もがれたら、
栗の親木は
怒るだろ。

栗、栗、
落ちとくれ。
おとなしいよ、
待ってるよ。

噴水《ふんすい》の亀

お宮の池の噴水は、
水を噴かなく
なりました。

水を噴かない亀の子は、
空をみあげて
さみしそう。

濁《にご》った池の水のうえ、

落葉がそっと
散りました。

箱のお家

箱のお家が出来ました。
もう、石鹸《せっけん》の箱でもないし、
お菓子箱でもありません。
それは私のお家です。

表に白い石の門、
裏にはきれいな花畠《はなばたけ》、
お部屋はみんなで十一間《ま》

とてもきれいなお家です。
そして私はそこに住む、
小《ち》さいかわいいお嬢《じょう》さま。

きれいなお家がこわされて
かさねた箱になったとき、
私は、古びた、かたむいた、
お部屋の柱を拭《ふ》いてます。

貝と月

紺屋《こうや》のかめに
つかって、
白い糸は紺《こん》になる。

青い海に
つかって、
白い貝はなぜ白い。

夕やけ空に

そまって、
白い雲は赤くなる。

紺の夜ぞらに
うかんで、
白い月はなぜ白い。

お家のないお魚

小鳥は枝に巣をかける、
兎《うさぎ》は山の穴に棲《す》む。

牛は牛小舎《うしごや》、藁《わら》の床《とこ》、
蝸牛《でで むし》やいつでも背負《しょ》っている。

みんなお家をもつものよ、
夜はお家でねるものよ。

けれど、魚はなにがある、
穴をほる手も持たないし、
丈夫な殻《から》も持たないし、
人もお小舎をたてもせぬ。

お家をもたぬお魚は、
潮の鳴る夜も、凍る夜も、
夜っぴて泳いでいるのだろ。

夏越《なごし》まつり

ぽっかりと
ふうせん、
瓦斯《ガス》の灯《ひ》が映るよ。
影灯籠《かげどうろう》の
人どおり、
氷屋の声が泌《し》みるよ。

しらじらと

天の川、
夏越祭《なごしまつり》の夜更《よふ》けよ。
辻《つじ》を曲がれば
ふうせん、
星ぞらに暗いよ。

ねがい

夜が更けるなあ、
ねむたいなあ。

いいや、いいや、ねてしまおう。
夜《よる》の夜《よ》なかに、この部屋へ、
赤い帽子《しゃっぽ》でひょいと出て、
こっそり算術《さんじゅつ》やっておく、
悧巧《りこう》な小びとが一人やそこら、
きっとどこぞにいるだろよ。

花火

あがる、あがる、花火、
花火はなにに、
やなぎと毬《まり》に。

消える、消える、花火、
消えてはなにに、
見えない国の花に。

トランプのお家

トランプの札でお家を
つくりましょう。
お室《へや》はみんな裏むきで、
床のもようがうつくしく、
ダイヤの一が電灯《でんき》です。

お庭にゃスペード、クラブの木、
ハートの花もちらちらと。

トランプの札のお家にゃ
誰が棲《す》む。
四人の王と四人の女王のそのなかで、
きらわれもののスペードの、
王と女王を棲ませましょう。

トランプの札のお家を
こわしましょう。
ボンボン時計が五つ鳴り、
ねえやが箒《ほうき》を持って来た。

雨のあと

日かげの葉っぱは
泣きむしだ、
ほろりほろりと
泣いている。
日向《ひなた》の葉っぱは
笑い出す、
なみだの痕《あと》が
もう乾く。

日かげの葉っぱの
泣きむしに、
たれか、ハンカチ
貸してやれ。

ビラまき自動車

ビラ撒《ま》き自動車やって来た、
ちゃんちゃか楽隊のせて来た。
ビラを拾おう、赤いビラ、
もっと拾おう、黄《きい》のビラ、
ビラ撒き自動車やって来た。
ビラ撒き自動車、ついてゆこ。

町をはなれりゃ、降るビラは、
野原へ散ってげんげ草、
畠《はたけ》へおちて、菜の花に。

春のくるまだ、ついてゆこ。

金魚

月はいきするたびごとに
あのやわらかな、なつかしい
月のひかりを吐くのです。

花はいきするたびごとに
あのきよらかな、かぐわしい
花のにおいをはくのです。

金魚はいきするたびごとに

あのお噺《はなし》の継子《ままこ》のように
きれいな宝玉《たま》をはくのです。

籔蚊《やぶか》の唄

ブーン、ブン、
木蔭《こかげ》にみつけた、乳母車《うばぐるま》、
ねんねの赤ちゃん、かわいいな、
ちょいとキスしよ、頬《ほ》っぺたに。

アーン、アン、
おやおや、赤ちゃん泣き出した、
お守《もり》どこ行た、花つみか、
飛んでって告げましょ、耳のはた。

パーン、パン、
どっこい、あぶない、おお怖い、
いきなりぶたれた、掌《て》のひらだ、
命、ひろうたぞ、やあれ、やれ。

ブーン、ブン、
籔のお家は暗いけど、
やっぱりお家へかえろかな、
かえって、母さんとねようかな。

男の子なら

もしも私が男の子なら、
世界の海をお家にしてる、
あの、海賊になりたいの。

お船は海の色に塗り、
お空の色の帆をかけりゃ、
どこでも、誰にもみつからぬ。

ひろい大海乗りまわし、

強いお国のお船を見たら、
私、いばってこういうの。
「さあ、潮水をさしあげましょう。」

よわいお国のお船なら、
私、やさしくこういうの。
「みなさん、お国のお噺《はなし》を、
置いて下さい、一つずつ。」

けれども、そんないたずらは、
それこそ暇なときのこと、
いちばん大事なお仕事は、
お噺にある宝をみんな、

「むかし」の国へはこんでしまう、
わるいお船をみつけることよ。

そしてその船みつけたら、
とても上手に戦って、
宝残らず取りかえし、
かくれ外套《マント》や、魔法の洋灯《ランプ》、
歌をうたう木、七里靴《しちりぐつ》……。
お船いっぱい積み込んで、
青い帆いっぱい風うけて、
青い大きな空の下、
青い静かな海の上、
とおく走って行きたいの。

もしもほんとに男の子なら、
私、ほんとにゆきたいの。

舟の唄

わたしは若い舟だった。
あの賑《にぎ》やかな舟《ふな》おろし、
五色の旗にかざられて、
はじめて海にのぞむとき、
限り知られぬ波たちは、
みんな一度にひれ伏した。

わたしは強い舟だった。
嵐も波も渦潮《うずしお》も、

荒れれば勇む舟だった。
銀の魚を山と積み、
しらしら明けに戻るときゃ、
勝った戦士のようだった。

わたしも今は年老いて、
瀬戸ののどかな渡し舟。
岸の藁屋《わらや》の向日葵《ひまわり》の、
まわるあいだをうつうつと、
眠りながらもなつかしい、
むかしの夢をくりかえす。

金米糖《こんぺいとう》の夢

金米糖《こんぺいとう》は
夢みてた。

春の田舎の
お菓子屋の
硝子《がらす》のびんで
夢みてた。

硝子の舟で

海越えて
海のあなたの
大ぞらの
お星になった
夢みてた。

蛙《かえる》

憎まれっ子、
憎まれっ子、
いつでも、かつでも、誰からも。

雨が降らなきゃ、草たちが、
「なんだ、蛙め、なまけて。」と、
それをおいらが知る事か。

雨が降り出しゃ子供らが、

「あいつ、鳴くから降るんだ。」と、
みんなで石をぶっつける。
それがかなしさ、口おしさ、
今度は降れ、降れ、降れ、となく。
なけばからりと晴れあがり、
馬鹿にしたよな、虹が出る。

蛍《ほたる》のころ

ほたるのころに
なりました。

新しい
麦わらで、
小さな蛍籠《かご》
編みましょか、
編み編み小径《こみち》を
行きましょか。

青いつゆくさ、
露《つゆ》のみち、
はだしで踏み踏み
ゆきましょか。

夕ぐれ

「夕焼小焼」
うたいやめ、
ふっとだまった私たち。

誰もかえろといわないが、
お家の灯がおもわれる、
おかずの匂いもおもわれる。

「かえろがなくからかァえろ。」

たれかひとこと言ったなら
みんなぱらぱらかえるのよ、
けれどももっと大声で
さわいでみたい気もするし、
草山、小山、日のくれは、
なぜかさみしい風がふく。

椅子の上

岩の上、
まわりは海よ、
潮はみちる。

おおい、おおい、
沖の帆かげ。
呼んでも、なお、
とおく、とおく。

日はくれる、
空はたかい、
潮はみちる……。
　（もういいよ、ごはんだよ。）
あ、かあさんだ。
椅子の岩から
いせいよく、
お部屋の海に
とびおりる。

朝顔の蔓《つる》

垣《かき》がひくうて
朝顔は、
どこへすがろと
さがしてる。

西もひがしも
みんなみて、
さがしあぐねて
かんがえる。

それでも
お日さまこいしゅうて、
きょうも一寸《いっすん》
また伸びる。

伸びろ、朝顔、
まっすぐに、
納屋《なや》のひさしが
もう近い。

忘れもの

田舎の駅の待合室《まちあい》に、
しずかに夜は更《ふ》けました。

いつのお汽車を待つのやら。
ふるい人形は、ただひとり。

しまいの汽車におどろいた、
虫もひそひそ鳴くころに、
箒《ほうき》をもったおじいさん、

じっとみつめておりました。
ふるい人形のかあさんは、
いく山さきを行くのやら。
とおく、こだまがひびきます。

田舎の駅は夜ふけて、
しずかに虫が、ないてます。

泣きむし

「泣きむし、毛虫
つまんで捨てろ。」

どっかで誰かいうような。

そっとあたりをみまわせば、
青い桜の葉のかげに、
毛虫がひとつ居たばかり。

廻旋塔《かいせんとう》のかげをさす、
運動場のひろいこと。

遠い校舎のオルガンの
音もしずかにひびき出す。

いまさらうちへはいれない
さくらの葉っぱをむしってる。

夢と現《うつつ》

夢がほんとでほんとが夢なら、
よかろうな。
夢じゃなんにも決まってないから、
よかろうな。

ひるまの次は、夜だってことも、
私が王女でないってことも、
お月さんは手では採れないってことも、

百合《ゆり》の裡《なか》へははいれないってことも、
時計の針は右へゆくってことも、
死んだ人たちゃいないってことも。

ほんとになんにも決まってないから、
よかろうな。
ときどきほんとを夢にみたなら、
よかろうな。

帆

港に着いた舟の帆は、
みんな古びて黒いのに、
はるかの沖をゆく舟は、
光りかがやく白い帆ばかり。

はるかの沖の、あの舟は、
いつも、港へつかないで、
海とお空のさかいめばかり、
はるかに遠く行くんだよ。

かがやきながら、行くんだよ。

障子

お部屋の障子は、ビルディング。
しろいきれいな石づくり、
空まで届く十二階、
お部屋のかずは、四十八。

一つの部屋に蠅《はえ》がいて、
あとのお部屋はみんな空《から》。

四十七間の部屋部屋へ、
誰がはいってくるのやら。
ひとつひらいたあの窓を、
どんな子供がのぞくやら。

――窓はいつだか、すねたとき、
指でわたしがあけた窓。

ひとり日永《ひなが》にながめてりゃ、
そこからみえる青空が、
ちらりと影になりました。

瀬戸の雨

ふったり、止んだり、小ぬか雨、
行ったり、来たり、渡し舟。

瀬戸で出逢った潮どうし、

「こんちはお悪いお天気で。」

「どちらへ」

「むこうの外海へ。」

「私はあちらよ、さようなら。」

なかはくるくる渦《うず》を巻く。

行ったり、来たり、渡し舟、
降ったり、止んだり、日が暮れる。

さよなら

降りる子は海に、
乗る子は山に。

船はさんばしに、
さんばしは船に。

鐘の音は鐘に、
けむりは町に。

町は昼間に、
夕日は空に。

私もしましょ、
さよならしましょ。

きょうの私に
さよならしましょ。

仲なおり

げんげのあぜみち、春がすみ、
むこうにあの子が立っていた。

あの子はげんげを持っていた、
私もげんげを摘《つ》んでいた。

あの子が笑う、と、気がつけば、
私も知らずに笑ってた。

げんげのあぜみち、春がすみ、
ピイチク雲雀《ひばり》が啼《な》いていた。

野焼とわらび

お山のお山のわらびの子、
とろりとろりと夢みてた。

赤い翼の大鳥の、
お空を翔《か》ける夢みてた。

お山のお山のわらびの子、
夢からさめて伸びしてた。

かわいいこぶし、ちょいと出して、
春のあけがた、伸びしてた。

トランプの女王

お祭すぎの
夜あそびに、
ふいとなくした
女王さま。

いつか忘れて
日がたって、
秋の日和《ひより》の
お掃除に、

床の下から
出は出たが、
泥にまみれて
おちぶれて、
髪さえ白い
おばあさま。

なまけ時計

柱時計のいうことにゃ、
きょうは日曜、菊日和《きくびより》、
旦那さんの役所も休みなら、
坊《ぼっ》ちゃん、嬢《じょっ》ちゃん、みンな休み。

あたしばかりがチック、タク、
かせぐばかしでつまらない、
ひとつ、昼寝と出かけよか。

なまけ時計はみつかって、
きりきり、ねじをねじられて、
ごめん、ごめんと鳴り出した。

おはじき

空いっぱいのお星さま、
きれいな、きれいな、おはじきよ。
ぱらり、とおはじき、撒《ま》きました、
どれから、取ってゆきましょか。

あの星
はじいて
こう当てて、

あれから
あの星
こう取って。
取っても取っても、なくならぬ、
空のおはじき、お星さま。

雀《すずめ》

ときどき私はおもうのよ。
雀に御馳走《ごちそう》してやって、
みんな馴《な》らして名をつけて、
肩やお掌《てて》にとまらせて、
よそへあそびに行くことを。
けれどもじきに忘れるの。
だって、遊びはたくさんで、

雀のことなんか忘れるの。
思い出すのは夜だもの、
雀のいない夜だもの。

いつも私のおもうこと、
もしか雀が知ってたら、
待ちぼけばっかししてるでしょ。
わたし、ほんとにわるい子よ。

隣村《となり》の祭

垣《かき》のなかから見ていると、
いろんな色がすぎてゆく。

みんな東をさしてゆく、
影もぞろぞろついてゆく、
白い埃《ほこり》も舞ってゆく。

西へ行ったは、空っぽの、
ふるい荷馬車がひとつきり。

じっとしてるは、生垣《いけがき》の、
しろい木槿《むくげ》と、私きり。

おまつりなんか、つまらない、
私はゆきたかないけれど、
きょうは、あんまりよい日和《ひより》。

お目々つぶれば足音が、
みんな東へすぎてゆく。

桑の実

青い桑の葉
たべていて、
かいこは白く
なりました。
赤い桑の実
たべながら、

私はくろく
日にやける。

広告塔

さようなら、
さようなら——

汽車のうしろの赤い灯《ひ》は、
はるかの暗《やみ》に消えました。

あきらめて、
くるり廻《まわ》れば
はなやかな、

春のいい夜の街の空。
広告塔の赤い灯は、
みるまに青くなりました。

幻灯《げんとう》

あれはいつかの
夢かしら。

夜ふけてうつす
幻灯の、
淡《あわ》く、ふしぎな、
なつかしい、
うす青いろの
絵のなかに、

ふとみえて、
ふと消えた、
誰かによく似た、
やさしい瞳《め》。
あれは、あの夜の
夢かしら。

げんげ畑

ちらほら花も
咲いている、
げんげ畑が
犂《す》かれます。

やさしい瞳《め》をした
黒牛に
曳《ひ》かれて犂《すき》が
うごくとき、

花も葉っぱも
つぎつぎに、
黒い、重たい
土の下。

空じゃ雲雀《ひばり》が
ないてるに、
げんげ畑は
犂《す》かれます。

洋灯《らんぷ》

田舎のまつりに
来てみたが、
みじかい秋の
日が暮れて、

神輿《みこし》の声の
遠いころ、
洋灯《らんぷ》のくらさ
たよりなさ……。

みつめていれば
どこやらで、
ひそひそ虫が
ないている。

柘榴《ざくろ》の葉と蟻《あり》

柘榴《ざくろ》の葉っぱに蟻《あり》がいた。
柘榴の葉っぱは広かった、
青くて、日蔭《ひかげ》で、その上に、
葉っぱは静かにしてやった。

けれども蟻は、うつくしい、
花をしとうて旅に出た。
花までゆくみち遠かった、
葉っぱはだまってそれ見てた。

花のふちまで来たときに、
柘榴の花は散っちゃった、
しめった黒い庭土《にわつち》に。
葉っぱはだまってそれ見てた。

子供がその花ひィろって、
蟻のいるのも知らないで、
握って駈けて行っちゃった。
葉っぱはだまってそれ見てた。

波

波は子供、
手つないで、笑って、
そろって来るよ。

波は消しゴム、
砂の上の文字を、
みんな消してゆくよ。

波は兵士、

沖から寄せて、一ぺんに、
どどんと鉄砲うつよ。

波は忘れんぼ、
きれいなきれいな貝がらを、
砂の上においてくよ。

さびしいとき

私がさびしいときに、
よその人は知らないの。

私がさびしいときに、
お友だちは笑うの。

私がさびしいときに、
お母さんはやさしいの。

私がさびしいときに、
仏さまはさびしいの。

玩具《おもちゃ》のない子が

玩具《おもちゃ》のない子が
さみしけりゃ、
玩具をやったらなおるでしょう。

母さんのない子が
かなしけりゃ、
母さんをあげたら嬉しいでしょう。

母さんはやさしく

髪を撫《な》で、
玩具は箱から
こぼれてて、

それで私の
さみしいは、
何を貰《もろ》うたらなおるでしょう。

風

空の山羊追《やぎお》い
眼にみえぬ。

山羊は追われて
ゆうぐれの、
曠野《ひろの》のはてを
群れてゆく。

空の山羊追い

眼にみえぬ。
山羊が夕日に
染まるころ、
とおくで笛を
ならしてる。

キネマの街

あおいキネマの
月が出て
キネマの街に
なりました。

屋根に
黒猫
居やせぬか。

こわい
マドロス
来やせぬか。
キネマがえりに
月が出て
見知らぬ街に
なりました。

花屋の爺さん

花屋の爺さん
花売りに、
お花は町でみな売れた。

花屋の爺さん
さびしいな、
育てたお花がみな売れた。

花屋の爺さん

日が暮れりゃ、
ぽっつり一人で小舎《こや》のなか。
花屋の爺さん
夢にみる、
売ったお花のしやわせを。

かるた

お炬燵《こた》の上に、
お蜜柑《みかん》積んで、
お祖母《ばあ》様、眼鏡、
キラ、キラ、キラリよ。

畳のうえにゃ、
かるたが散って、
ちいちゃいお頭《つむ》、
ひい、ふう、みいつよ。

硝子《がらす》のそとは、
しずかな暗夜《やみよ》、
ときどき霰《あられ》が、
パラ、パラ、パラリよ。

いいこと

古い土塀《どべい》が
くずれてて、
墓のあたまの
みえるとこ。

道の右には
山かげに、
はじめて海の
みえるとこ。

いつかいいこと
したところ、
通るたんびに
うれしいよ。

博多人形

こおろぎが
ないている、
夜ふけの街の
芥箱《ごみばこ》に。

ひとつ明るい
かざり窓、
青い灯に、
博多人形《はかたにんぎょ》の

泣きぼくろ。

こおろぎが
ないている、
街の夜ふけの
芥箱に。

光る髪

沈む、沈むよ、
浜に出てみれば、
赤い大きな
夕日の毬《まり》が。

光る、光るよ、
金いろの糸が、
入り日みている
光《みっ》ちゃんの髪が。

かがろ、かがろよ、
真赤《まっか》な毬を、
金の小糸で
麻の葉にかがろ。

巻末手記

——できました、
できました、
かわいい詩集ができました。

我とわが身に訓《おし》うれど、
心おどらず
さみしさよ。

夏暮れ

秋もはや更《た》けぬ、
針もつひまのわが手わざ、
ただにむなしき心地する。

誰に見しょうぞ、
我さえも、心足《た》らわず
さみしさよ。

（ああ、ついに、
登り得ずして帰り来し、
山のすがたは
雲に消ゆ。）

とにかくに
むなしきわざと知りながら、
秋の灯《ともし》の更《ふ》くるまを、
ただひたむきに
書きて来《こ》し。

明日《あす》よりは、
何を書こうぞ
さみしさよ。

金子みすゞ（1903 ～ 1930）
山口県生まれ。早くから詩の才能を開花させ、西條八十から「若き童謡詩人の中の巨星」と賞賛されるも、自ら死を選び26歳でこの世を去る。没後しばらく作品が散逸していたが、1980年代に入り全集が出版され、再び注目を集めた。

※本書作成にあたり旧仮名遣いを新仮名遣いに改め、
一部ルビを変更した

カバー画像：PIXTA

金子みすゞ名詩集2

2025年3月21日　第1刷

編　纂　彩図社文芸部
発行人　山田有司
発行所　株式会社　彩図社
〒170-0005
東京都豊島区南大塚3-24-4　MTビル
TEL 03-5985-8213　FAX 03-5985-8224
URL：https://www.saiz.co.jp

印刷所　新灯印刷株式会社

ISBN978-4-8013-0761-2　C0192